續脩臺灣府志卷二十五

欽命巡視臺灣朝議大夫戶科給事中紀錄三次六十七 同脩
欽命巡視臺灣朝議大夫雲南道監察御史加一級紀錄三次范 咸

分巡臺灣道兼提督學政覺羅四明
臺灣府知府余文儀 續脩

藝文六

詩三

甲子奉
命赴臺清查官莊卽事成詠　　福建布政使高山 濟南人

海嶠長懸 聖主心溝塗經畫戒相侵含哺民近無懷氏敷澤仁同解慍琴履畝新塍勤勸相支機舊石費追尋重來不爲開卬筰要使飛鴞集好音

放洋　　巡臺御史熊學鵬 南昌人

趂曉乘潮海舶寒清風相送出臺端片颿飄渺烟中過一碧澄泓浪裏看舉目惟瞻天日近迴頭但覺水雲寬要知舟楫由來好不畏重洋濟涉難

六巡使見示長句却寄　　福建按察使覺羅雅爾哈善 滿洲人

愧非磊落青雲士快讀纏綿白雪歌遥想登樓唫眺處鄉心應較月明多

千首詩酬酒一瓶海波不動遠峰青三台座待歸颿速夜夜開簾望使星

自昔相看氣味真紫薇花放玉堂春我今飄泊滄江外風

雨聯牀憶故人

再答六司諫

思君正詠池塘句忽接魚箋笑口開狂態於今猶未減素
心依舊不須猜揉風已有詩千首遣與何妨酒百杯同在
天涯懷　鳳闕幾時聯轡入燕臺

寄臺灣巡使六給事　戸部員外郎 伊福訥 滿洲人

東華塵土應憐我南海烟霞盡屬君惆悵暮春好時節白
沙紅樹草連雲

洛日扶桑迥絶倫花繁官閣靜無塵海天對月閒吟際好
報平安慰故人

乙丑立春 得春字　六十七

瑞兆農祥斗建寅管絃聲裏萬家春遥知　聖主行時令
日月光華淑氣新

葭管灰旋萬象新東風吹徹海天春會須徧播陽和意島
嶼民皆擊壤民

人日

縷金剪綵我何知祇望陰晴卜歲時勝事渾輸高尚客草
堂揮麈正題詩

登澄臺觀海

層臺爽氣豁雙眸遠望滄溟萬頃收赤霧銜將紅日暮銀
濤拍破碧雲秋鵾鵬飛擊三千水島嶼平堆十二樓極目
神州渺無際東南形勝此間浮

方司馬惠九頭柑柬謝 限三字

海壖殘臘試霜柑纔把淸香與巳甘採自千頭金顆重擕來九瓣玉漿甘種傳甌粵原無匹宜飲華林舊賜[illegible]不是乘槎遠行役殊方佳味那能諳

水仙花 限冰字

淩波仙子世同稱瓊島芳姿未敢憑香與春風相應接神將秋水共淸澄玻璃案上金千點玳瑁筵前玉幾層不許纖埃侵皓素檀心夜月一壺冰

莊副使惠女貞酒賦謝 限從字

搗香篩辣春溶溶甕醅初潑金芙蓉入唇一盞何醇醲光浮海上最高峯知是女貞合作釀桂兼松靑州從事披心

胸瀛壖副使嘉惠重時逢歲稔樂三農我今無事飲千鍾醉鄉王績聊相從

七里香 限芳字

雪魄冰姿淡淡粧送春時節弄芬芳著花何止三迴笑（每歲開花率有三五度）惹袖猶餘半日香竟使靑蠅垂翅避不敎昏瘴逐風狂（能袪蠅蚋并辟烟瘴）靈均莫漫悲蘭茝正色宜令幽谷藏

赬桐花 限龍字

枝柔葉厚碧痕濃色艷還看花發重朱蕚臨風迷紫蝶丹鬚和露抱黃蜂剪殘紅錦枝頭見蔽碎珊瑚月下逢好是年年誇競渡鮮硏如火映魚龍

即事偶成二律

徵花島嶼片雲孤物產民風事事殊絕好饔餐紅腳早稻名天然籬落綠珊瑚花無寒燠隨時發酒長瓊漿不用沽椰子中有酒最是良疇耕鑿易欣然醉飽樂唐虞

飽啖檳榔未是貧無分妍醜盡朱唇頻嫌水族名新婦新婦啼魚名郤愛山蕉號美人美人蕉花名

劇演南腔聲調澀星移北斗女牛真臺分野牛女生憎負販猶羅綺臺俗尚奢有衣羅綺而負販者何衒民風使大淳

長尾三娘即練雀

翠羽光華綬帶長如雲委地美人粧命名當日非無意謂勝黃家第四娘

蜥蜴俗呼四腳蛇

兩頭埋後終無恙四腳何妨暴日頻 盛世已除殘酷吏不須惆悵捕蛇人

九日

朝來門巷集儒巾屠狗吹簫共賽神臺俗七夕中秋重陽俱祀魁星是日儒生有殺犬取其首以祀者 蝴蝶花殘清入夢鱸魚[illegible]老[illegible]春酒澆幽菊舒黃蕊琴鼓飛鳶颺碧旻重陽前後競放紙鳶如此春月 並著單衫揮羽扇炎方空說授衣辰

送范九池侍御巡視臺灣

德齡滿洲人戶部右侍郎

白頭握別意何如廻溯南宮得雋初文字忝居一日長交

情歷試廿年餘連城玉質原殊衆三歎琴音獨起余利涉詩成須早寄要看海上掣鯨魚

送范浣浦巡視臺灣　監察御史孫灝（仁和人）

東瀛別島入雕題豸史威稜使節持荒服盡聯身臂指重洋遥界　國藩籬六臺　寵命雲邊下一范先聲海外知浩淼洪濤看此去扶桑晴旭麗旌麾彭蠡烟排點點青鯤身鹿耳枕樓停俗仍漢語兼番語官是文星又福星地絡三山歸保障風乘萬里駕滄溟輶軒坐鎮安清宴但載　皇仁播遠聽十一更長接海圖三千路近接明湖未論丹荔黃柑美先愛青蘋畫舫無　鳳闕銜　恩心北向蘭臺惜別客南趨

繡衣舊使聲華在歸問仙槎試問塗（謂鷺洲侍御）

登大崗山　范咸

瞥見山坳翠欲流蔥蘢容樹景清幽嵐光迥與羣峰別海色遥看四面收日暮碧雲驚異彩雨過寒氣逼深秋天南鎖鑰橫江外不放鯨魚夜出游

三月二十五日渡海紀所見

海門峽如東放舟還趁潮島嶼漸以遠仰視惟雲霄天與水爲一遠颿同秋毫極目杳無際意氣慘不驕問程藉指南（放洋全以羅經定方向）出海稱人豪（船主曰出海）亞班攬篷索上下等懸猱（占風望向者曰亞班緣篷桅而上登降盤旋了無怖畏）巨浪拍天起此似桅檣高龍骨（船底大木曰龍骨）從上過一落輕於毛遠望崚嶒蠡水沸

山岳搖桄師噤不語謂是鯤魚尻噴沫散作雨十里闇腥臊轉瞬無所覩但覺心旌搖晚霞日初落星斗何迢迢夜黑青燐生非鬼亦非妖燄燄千萬點誰將十斛拋此景洵奇絕坐看過中宵雞鳴天欲曙華彩掀波濤天吳與紫鳳野火春風燒萬頃蕩金碧蛟鼉爭潛逃動心復駴目快事傾醇醪幸逢　聖御宇海宴無飄颻生平見未見恣意誇同曹得藉滄溟力永靜蕃俗囂歸將畫蓬壺游仙足解嘲笑語金華人踴躍虛鳴鑣

二十六日晚泊澎湖

計程問澎湖取道疑已遠沿洄逾七更花嶼杳難辨金烏已西落風微桄欲轉黑溝驚狂瀾橫洋長屯蹇傳聞弱水近東去不復返桐城孫元衡赤嵌集臺與廈藏岸七百里號曰橫洋中有黑水溝色如墨日黑洋險冠諸海或言順流而東則為弱水自來浮去之舟無一還者豈必飽魚腹竊自輕軒冕藤絙數百尺用試水深淺大洋中欲下碇用錐鏈試水纜藤草三絙約長六七十丈俄見白鳥飛色喜定殘喘臺海使槎錄云近島嶼則先見白鳥飛翔濵島三十六卷石非絕巘潮勢覺已平欠伸求息偃收篷且寄泊努力進餐飯

十八日入鹿耳門過七鯤身

遙見青山似畫屏鐵幨振桄費丁寧使槎錄鹿耳門港路迂迴舟觸鐵板沙線立碎潮長水深丈四五尺潮退不及一丈入門必懸起後桄乃可進盪纓有路分沙線土人立標以便出入日盪纓浮海何人續水經鳥鬼渡寒透鹿耳孫元衡詩山勢北盤鳥鬼渡荷蘭城圻掃王庭鯤身久絕鯨鯢跡風起不聞戰血

腥

茄藤社觀番戲二絶句 唱曲者皆番婦

運臂相看笑踏歌陳詞道是感恩多劇憐不似弓鞵影一曲春風奈若何

妙相天魔學舞成垂肩瓔珞太憨生分明即是西番曲齊唱多羅作梵聲

烏魚有引

臺志稱烏魚即本草之鯔魚海港所產甚盛冬至前捕之日正頭烏則肥而味美至後捕之日回頭烏則瘦而味劣官徵稅給烏魚旗始許採捕按隋大業六年吳郡獻海膾四瓶帝以示羣臣曰昔介

象殿庭釣得鯔魚此幻化耳今日之膾乃是眞海魚所作來自數千里亦是一時奇味即出數盤以賜近臣載之大業拾遺記蓋即烏魚也吾杭素產鯔魚有江鯔河鯔二種其大者長不盈尺與郡中六七月間所食正同至秋深長一二尺味始肥美杭所產遠不逮矣

網魚競捕正頭烏興味頻嫌至後殊海堀引回憐瘦劇船頭懸呂急徵輸釣緡信足驕漁父幻化無須詫老夫曾食江鯔爭比得芙蓉花裏好提壺

莊副使惠女貞酒走筆賦謝

祼人種稻手自舂咀嚼作麴塵埋封椰瓢婦子共酣飲醉

[illegible]客嘗情何濃吾曹小戶偏愛潔對此慘澹愁眉烽梨花
[illegible]竹葉在何許當筵生怕惡客逢一朝買舶千里至鄉味百
[illegible]舶來吳淞南華仙人號酒聖特遣從事陳詞恭江村蠟樹
是貞木花開細白凌寒冬其實補精益神氣能祛百病扶
[illegible]龍鍾以之為釀功力倍丹成不啻陪赤松我聞掀髯一長
嘯年雖未老多哀容炎方陽氣舒不斂眼花作字常駁踏
精力驚緩生恂愁深懼株橛心憧憧舉杯芳馥饜饞口如
鎡引鐵魚喁喁枯腸一潤融血脉赤頳兩顴豐姿手升淋
酣臥夢恬適遊仙壺上蓬萊峰感君此惠日洗斝蕩滌膠
固從來胸急撐春日看花眼君豈巨壓吾蛩蛩

元旦後四日莊副使齋頭見菊花

迎年何事更爭新（臺有迎年菊）怪底真成海外春花歷三時如
熱客蕢開五葉儼浮塵幽姿豈必誇顏色艷景難教信隱
淪輪與寒梅仍應候孤芳不肯早呈身

赤瓦歌 有序

臺屋瓦皆赤下至牆垣階砌無不紅者此赤嵌城
所由名也余乃為作赤瓦歌

絳雲火織張海國燒空滅盡青銅色信知天運應炎方摶
土何緣變髹漆萬室于今陶者誰煬竈渾疑欺白日連椽
櫛比紛參差畫棟朱甍幾回惑漢家黃屋禁例嚴風剝雨
淋遮不得臨漳銅雀更何似香姜舊款無人識况兼凸壁
光炯炯環堵恍與宮牆逼簾前磚影更輝煌彤墀彩繪盈

陛城華勢儼上祝融峰珠煤貫屋祥光亘千門萬戸火西
馳照耀燭龍烏戢翼我思天台有赤城朱霞天半稱奇特
又聞南方裔外山赤石爲牆標異域此間合是虹霓居羲
轂軒軒火鞭挟六丁叱馭驅蛟螭故發狂飈銷鬼蜮君不
見火燄山頭半焦土爚爚如焚少荆棘彰化有火燄山又不見燃
燚地底硫磺山磺山在淡水草枯海破飛烟黑麒麟之風炊繁
星颶有名麒麟者風中有火流金爍石鯨鯢息溫泉轉作瘴母胎裂竅
烘池土花萢刺桐萬朶吐紅絲蔫地燒天怪繁殖扶桑照
殿匽鮮妍豔豔絪縕錦交織海若自來足光怪丹邱浴日
鎔金雲蒸鬱恒暘陽用九司天南正神明力十八重溪諸羅有十八重溪
水湧騰九十九峰在彰化山巔岁魯陽揮戈勢當逐

巫尫自焚尤應殛炬牛燧象爛功勳庶幾赫怒彰天德祇
今海宴無烽塵不煩煆鍊洪爐側承平但願風雨調永息
炎威静八極

七月一日宴七里香花下作 有考

廣羣芳譜山礬一名瑒花一名春桂一名七里香
按高齋詩話云唐人題唐昌觀玉蘂花詩云一樹
瓏鬆玉刻成飄廊點地色輕輕今瑒花即玉蘂花
也春明退朝録云瓊花一名玉蘂蔡寬夫詩話云
玉蘂即揚州后土祠瓊花由三家之言推之似山
礬即瓊花矣考鄭興裔有瓊花辨周必大有玉蘂
辨證幾若聚訟即七里香之果爲山礬亦微與本

草異要之皆不必有意牽合也因宴花下爲賦六
絶句

唐昌玉蘂無蹤跡后土瓊花再見難官閣猶餘春桂影婆
娑長得月中看

小葉荼蘼一丈餘花開五出襲瓊琚生憐青瑣無消息不緣啼鳥春饒舌青瑣仙郎那得知香山玉蘂花詩也難覓吹簫紫鳳車張文昌玉蘂花詩五色雲中紫鳳車尋仙來到洞仙家

瑤臺原不在人間素艷何來緑玉鬟長見蘂珠宮裏雪只
緑地近補陀山補陀山猶言小白花山疑即玉蘂花見黄山谷所作詩序

聚仙也合依稀似齊東野語瓊花絶類聚八仙玉質穠香總不同欲向
通明上封事彈丸先斥妬花風

幸留七里香名在認取山礬爲寫眞寄語世人休聚訟冰
姿原不藉前塵

瀛壖合是洞仙家宴賞貪看玉樹花賦罷新詩消受得春
風何處七香車劉賓客玉蘂詩玉女來看玉樹花異香先引七香車

䲅魚次六給諫原韻臺海採風圖考云䲅魚黑色如鰍長不盈尺二目突出于額身多緑斑志稱多在海邊泥塗中善跳躍土人以爲美味置地上能跳亦能行數步

慾自稜稜徧體斑蛇行也解曲迴環如何生在滄溟裏偏
喜身居清濁間虎穴掉頭終不顧給諫畜數尾池中有跳石上斃者龍門
燒尾可知艱烹鮮更怪成何味叢笑令人鄙百蠻

臺俗除夕門設紙虎祭以鴨焚之謂可厭煞余名之
日焚虎元夕女子偷折人家花枝謂異日可得佳

埓余名之曰竊花往年在　京師作夢樹堂花二詩詞事極韻且可舉以爲偶也今茲將毋同同賦四絶句

焚虎二首

階前金薄印於菟燃火焚香達九衢好趁春前辟虛耗新年事事要懽娛

死虎猶能激毒龍精誠大府慰三農省中祈雨周撫軍學健命以虎骨投龍潭中果得雨海隅莫怪頻驅鬼厭煞迎神重季冬

竊花二首

女郎元夜踏蒼苔攀折青枝笑落梅底事含羞佯不采月明犬吠有人來

夢樹堂花憶昔時又因韻事賦新詩憐他自愛傾城色暗祝燈前幾度思

題諸太守祿觀稼圖

北港臺灣舊名北港地肥沃種植恒不時四月刈新穀六月開新菑十月收大冬晚稻上人謂收大冬洵有不歛穧罔知三年畜轉販成漏卮番兒學唐人番謂中上爲唐亦解把耡犁時清風日好雞犬皆嬉嬉檳榔簇鳳尾猱採同兒戲彎弓射生手徒充他人饑赭侯河南後跨海後一麾動念仁民術寫出豳風詩美哉二千石願更進微規武侯治蜀嚴寬猛常相持旣庶何以教阿誰是良師逋逃何以絶窮黎何以肥至治順大化貴與羲皇期他時道德同四海仰風儀

木蘭花歌 有考

臺之草木土人多以臆名之如梨子茇檨子之屬或無其解或並無其字而士大夫之自中土至者又率先存一索隱志怪之心不深察物之情狀雅意附會眞若琪樹之花可接而若木之枝可攀也余閱使槎錄載木蘭花如粟淡黃芳似珠蘭亦名樹蘭考羣芳譜木蘭一名木蓮一名黃心其香如蘭其狀如蓮白氏長慶集云木蓮身如青楊有白紋葉如桂而厚大無春花似辛夷內白外紫則與使槎錄所云花如粟淡黃者迥異矣葢樹蘭又自一種余所見者花細碎如黍米正與使槎錄同而

不得謂之木蘭也及使槎錄載貝多羅花云大如酒杯瓣皆左紐白色近蕋則黃采風圖考亦云花外微紫內白近心甚黃土人但稱爲番花不知爲貝多羅也考拾遺記貝多葉長一尺五六寸濶五寸形似琵琶而厚大寰宇志貝多結實如椰子今所見番花葉酷似枇杷其長與濶皆不及拾遺記之半且有花無實其非貝多明甚而所云花大如酒杯則木蘭之似辛夷也所云外微紫內白則木蘭之內白外紫也余細察其榦有斑痕如眼則木蘭之如青楊有白紋也試截其枝中有黃暈則木蘭之一名黃心也至葉如桂而厚大則更無可疑

矣然則樹蘭非木蘭也番花非貝多也旣眞知其

爲木蘭矣不可不紀之以歌

詩人賦物善言理不似庭前格竹子當知多識卽是學靡日任耳非爲美我來蓬瀛大海東探奇直欲窮蒼穹周諏詢度百不厭肯教過眼烟雲空采輯郡志二十卷遺書掇拾行將徧猶慚聽斷恐失眞訂誤考疑敢云倦貝多羅花詩已訛琵琶形似終如何就中無實難僞託佛經欲寫空搓那因閱長慶忽頓悟辛夷恍與木蘭遇內白外紫狀如蓮點點青楊蟲食蠹昔人幾度上芳舟不識征驂逐遠遊今日模糊纔認得新翻樂府却風流詞有木蘭花慢

安平晚渡　莊年

笳聲互動日沉西一片蒼茫暮靄低夕照城邊催渡急晚烟風裏裏飄齊水寒弄影光搖月潮長移舟浪拍隄却怪羣鴉棲不定參差樓堞望中迷

沙鯤漁火

一帶沙平水亦停漁舟鱗集傍遥汀寥天夜黑難邀月極浦燈紅若聚星網處熹微穿爝火波迴歷亂盪流螢遠山欲看模糊甚近岫還留半朶青

鹿耳春潮

桃花春漲浪如洚與洪同鹿耳門高勢更雄殊死千軍嚴破陣凌虛萬木怒號風硤深不信纓猶盪沙定還知海欲東盛氣漸平羣籟寂恬波依舊暖瀜瀜

雞籠積雪

迴殊漠北子卿身六出何來伴雁臣排闥一峰疑砌玉凝眸幾點恍堆銀炎方特爲開生面羈宦渾如遇故人金碧山川都看盡巒頭畫稍覺翻新

東溟曉日

尾閭東洩浩無邊初旭俄將黑霧穿幾度欲升猶半隱須臾一躍似空懸潛銷蜃氣金光燦倒射鯨波血色鮮自是中天多瑞彩蟄龍寧敢抱珠眠

西嶼落霞

殘照無多日漸沉餘霞散綺落西岑不隨孤鶩飛江渚偏逐歸鴉落樹林斜度微雲千片玉淡依新月一鉤金欲餐自愧慚中散（選詩中散不偶世本是餐霞人）輟掌風塵思不禁

澄臺觀海

簿書箭束苦相纏乘興登臺意豁然烟靄光中三面水晴雲影裏四垂天瀰茫境界憑欄外浩蕩滄溟落照前極目波濤渺無際笑他精衛若何填

斐亭聽濤

纔聽朝潮又暮潮怒濤聲裏竹蕭蕭千竿不藉風搖曳萬弩何當影寂寥豈必林泉甘漱石却因烟月憶吹簫星躔舊壟揚州路流水應過廿四橋（臺灣分野牛女屬揚州）

和巡使六給事九頭柑原韻

聽鶯載酒美雙柑歲暮分遺興倍酣紅出洞庭微帶澀黃

傳聞粵尚輸甘橘中別種瓢餘九海外嘗新歲已三怪底
淮南移枳橘羅浮眞味可曾諳

和巡使范侍御正月五日齋頭見菊花原韻

秋花開值物華新恰是徭齋五日春態逸香清開有韻籬
垂風細靜無塵迎年豈謂親軒冕採食遙應讓隱淪戲酹
屠蘇一相問淵明可是爾前身

范侍御招飲七里香花下

鈴閣清嚴碧檻涼一叢玉蕊正芬芳瑣窗乍怯秋初雨花
氣渾同夜合香繡斧筵前歌白雪銀髯窗外舞霓裳擎杯
細把山礬嗅泌我詩腸潤酒腸

密葉繁葩綠玉叢朝霞掩映雪玲瓏唐昌觀裏依稀似后
土祠邊想象同滿砌花飛驚積霰隔簾香透趁微風三年
海外埋芳信此日開筵興不窮

諸羅道中即事　　褚祿

聖朝德澤沛南東縱目郊原茂對中圳水春生灌溉足露
華秋重土膏融扶桑色映曈曨日絡緯聲隨斷續風自愧
一官無報稱好書大有慰宸衷

安平晚渡

樓堞參差噪暮鴉村氓喚渡語聲譁忽衝沙鳥暝烟破漸
轉蒲帆夕照斜遠浦不須愁逐掉晚風無事動悲笳寒潮
乍退人歸後明月孤舟漾淺沙

沙鯤漁火

遶岡相接聚沙汀掩映漁舟點點螢風定碧波明遠火光搖寒影落疎星莫疑滄海鮫人淚翻訝乾坤柳絮萍驚起蒼龍眠不穩欲燃犀角燭奇形

鹿耳春潮

天然形勝待潮生鼙鼓逢逢望欲驚正是桃花春漲儼然瀛島雨翻城當時竊國悲浮癖此日長年認蠡纓競說王師平寇日海門如雪勢崢嶸

雞籠積雪

移來瓊島是何年積素凝華入望妍瑞數碧雞開運會城依元圃說桑田玉山峭峻光相映銀海波濤勢欲連不信炎方寒起栗燕雲迢遞近中天

七絃草

署臺防同知 張若霍 桐城人

瑣䆫閑靜影蹁躚繞砌亭亭發七絃高下有情嬌映月淺深著色嫩含烟乍經新雨銀絲潤旋挹微風翠帶鮮最喜秋來紅結綴一尊相對韻悠然

觀音竹

趺坐伽陀石清筠自古今虛中成淨業勁節即禪心綠染菩提果聲含薝蔔林半規新月上妙義正堪尋

金瓜茄

不是東陵種籬間別弄輝冰銚澄夏簟黃絹剪秋衣承露鵝兒嫩迎風杏子肥依稀明月下疑自鳳池歸

含羞草

萱花自昔可忘憂小草知何却解愁爲語世人休怪詫風情太甚要含羞

交枝蓮

產自汚泥涅不緇迎風承露號交枝看他亦解相縈抱底事依依在水湄

白沙書院示諸生 府書院新落成 淡水同知 曾日瑛 南昌人

敢因小邑廢絃歌講苑新開事切磋誰謂英才蠻地少原知高士海濱多文章大塊花爭發詩思淵泉水湧波他日應知化鄒魯好從斷簡日編摩

斐亭聽濤次韻 諸羅令 林燅 永福人

曾趨官閣待春潮笑語渾疑燕蓼蕭乍聽怒濤雲浩浩遙看長月夜寥寥早知沙上無寒雁可有仙人倚洞簫此日瀛壖成夢想人邊誰與渡銀橋 林時方罷職故云

安平晚渡 彰化令 陸廣霖 武進人

高城極目勢蒼茫向晚歸人一葦航月淨波光浮遠白霞銜帆影帶昏黃參差樓閣迷雲樹掩映漁燈上女牆市井只今誇極盛可知濟渡賴津梁

沙鯤漁火

高掛絲綸新月鈎沙汀隱現泊漁舟烟籠小艇連檣語風起孤篷一葉秋倒映水光星錯落斜聯螢火影沉浮銀燈合向銀河瀉絕似吳江古渡頭

澄臺觀海

烟波縹緲水漫漫，高閣登臨面面寒。收拾峴嶓千派合，劃開江漢四圍寛。塵氛不向壟靈發（韓靈鼎神字見黃庭經），寰宇全歸掌握看。憑眺頓教心地遠，擬將浩瀚寫毫端。

婁亭聽濤

疎影蕭蕭萬籟平，江亭忽聽忝濤鳴。乍疑簷角風敲玉，頓覺叢中浪拍城。烏嘯波迴憑竹嶽，貧簪聲寂待潮生。遠臣仰沐澄清久，跨海鯨鯢靜不

二月諸羅道中　諸羅訓導　陳　繩　閩縣人

偶整輕裝出水涯，邅回白道繞山家。閒閒風景遲遲日，細草輕沙薄笨車。

烏魚

璧玉元珠徧體緇，楊鬐奮鬣滿天淄。須知滬箔橫施處，要在葭灰未動時。日映波光浮繡綠，鱗翻浪影簇烏旗。江鰡味薄河鯔小，爭比炎方海錯奇。

五鳴雞

標標引吭自呼名，太極平分似繪成。二十五聲隨漏滴，底須侵曉候雞鳴。

雞籠積雪　監察御史　王　璋　臺灣

雪壓重關險，江天儼一新。乍疑冰世界，頓改玉精神。瘠壤皆生色，空山不染塵。寒光如可借，書幌歷冬春。

輓寧靖王　陳元圖

匿跡文身學楚狂，飄零故國望斜陽。東平百世思風度，北

地千秋有恨先遺恨難消銀海怒幽魂淒切玉蟾涼荒坵
草綠眠狐兔寒雨清明枉斷腸

東港　　戊午科舉人　陳輝　臺灣人

漁人幾處學吹簫海色蒼蒼弄晚潮一片山間明月上滿
隄寒影渡横橋

中秋書感

碧漢無塵一色秋疏星淡片片雲收一籟寂桂樹寒香濕露
濤桐梢瘦影幽幾曲微吟依海畔半空清響起江樓誰家
玉笛横吹裏却把關山惹客愁

不寐居訪林叔臾

叔臾先生不寐居超然物外葛大初青山雨度雙花塢秋

野烟消一草廬醉倚壺觴閑歲月吟依几席樂琴書竹橋
秋水相逢處洗滌煩襟興有餘

九日登龜山

獨立龜峰最上頭倚風欹帽興難儔崖中曲岫苔痕破島
外長空浪影浮石冷雲歸山色暮霜寒樹老海天秋清猿
洞口聲聲叫也學登高伴客遊

鹿耳門夜泊

冷雨滄江上移舟泊海門清歌聞戍客短笛隱漁村浪潤
潮千頃天空月一痕搖搖遊子意舊憶夢家園

舟再泊月眉灣　月眉灣俗稱鯤仔在鹿耳門前北風可以泊舟予遭風泊此旬餘

鹿耳門前幾溯洄月眉灣作避風臺舟師不畏東流急與

得小船載酒來

鷺江即事

一泒鷺江水迢迢碧岓西風帆依石影烟火薄雲梯海色
羣山合潮聲入嶼低行人棲泊處極目旅情迷

泊澎湖西嶼

海中青嶼裏一片帶春烟水上浮訶石天涯泛小船波迴
蒼靄外村在白沙邊客棹經過處懷人意惘然

小齋

僻處心常靜幽棲意自閒種花分隙地閉戶似深山日映
濃華裏風搖積翠間不須尋酒伴獨坐亦開顏

買米

市米三百錢皚皚纔一斗聚囤漁利家乘此誇其有臺人
不皆貧亦豈盡富厚菜色歎時艱枵腹絕薪槱官司榜平
糶人趨惟恐後一丁米三升鞭扑驚且走攢簇擁吏胥棠
怒不厭醜公廷散未了挈穉且扶耆誰謂臺陽地盈阡更
累畝名為產米鄉亦有饑人否聞道昔先民餘三在耕九
貯粟預為計豐儲多聚朽今人何不然歲歉輒搔首謂是
俗紛華虛糜費已久所以無贏餘饑來罄瓦缶窮廬有寒
士捉衿當見肘米賤揚糠粃米貴懸杵臼三炊雖舉火茹
草兼飯糗一聞米價高歎息謀萊婦高堂有老親幼子尚
黃口仰事與俯畜詩書竝瓊玖欲賣不值錢換米祇取咎
洋洋泌水清樂饑且自　海日高扶桑光華照戶牖春色

不我靳綠到門前柳頗愛陶潛節慷慨莫相負抗志養其
眞士行不可苟五斗懶折腰三升豈輕受甘貧本素心肉
食匪吾偶

登石屏山

扳蘿直上石屏巔四望凌虛意渺然俯瞰羣山培塿細遥
臨萬樹鬱蒼連溪痕澗壑青蕪地彩色紅霞碧落天極目
滄溟東鯤外（東鯤海嶼名孤懸海中）烟波數點賈人船

鎭北門晚眺

烟籠竹樹接沙舟（北門外北接洲仔尾）夕照橫波海氣浮樵子唱回
雲影路戍人吹動角聲秋（北門外有教場）僧歸廢寺鐘常寂（城外有黃蘗寺）
燕喜澄潭水不流（城畔有二潭一在城內一在城外時適有羣燕飛繞水上路人言是燕來自咬嚁吧隨洋船至洋船歸則復云一年一度其燕覥沙燕差小按月令仲春玄鳥至今臺中十月見之或者燕亦先時而來乎）觸目郊原多景象迷離草屋起重樓（城外有地名重樓仔）

過坪頭店

遥遥行李向溪東待度坪頭一徑通邸舍人歌春樹外征
車牛逐暮雲中沙連淡水村村竹路近新園處處菘橋畔
酒家帘影動憐他少婦倚微風

宿放綀社口

十里荒荆路欲迷停車小住傍巖棲（地去傀儡山十餘里）山當傀儡
烟常冷地接琉球月更低（南路八社惟放綀極南近海中琉球山）蠻曲偏驚
春夜裏漁燈散點海涯西（其西悉漁人所居）行人到此渾無寐夢
斷詩成聽野雞

琉球山

翠嶼孤懸在水隈青葱疑是小蓬萊雲連遠影嵐光動日映高峯海色開恍惚鼇游千尺水（于到海岍笪山下水高數仞浪潋過于山）蒼茫浪激數聲雷信知南極瀛壖地物產猶傳鸚鵡杯（山出鸚鵡螺）

二贊行溪

竹橋平野路春水漲清溪風靜寒沙潤烟濃遠樹低青蕪喧海燕碧岍叫村雞爲語南遊客應知愼馬蹄（溪當秋雨泥濘行人難之）

半路竹（地名）

客舍春郊裏陰陰翠竹圍衙烟閒犬吠隔樹見鶯喧草綠疑無路雲深又一村行行車馬過從此近仙源（路近前窩仙堂）

五里林

五里林間路長隄繞碧流落花春徑寂芳草晚園幽鷺宿依斜岍鳧啼近小洲綠陰行過處客邸在溪頭

東港渡

斜帆臨野渡水漲海涯東草色連長岍嵐烟聚短篷山山春雨霽樹樹夕陽紅欲向津頭問桃源路可通

龍湖巖

野竹迷離翠作垣微茫山色古雲門烟侵晚岫通幽徑水潤寒隄接遠村曲檻留陰閒漉鹿疎鐘倚月冷啼猿昔年曾得遊中趣依舊湖光歛灔存

春日遊海會寺

翠竹斜榕小徑通招提舊日館娃宮曇雲花冷對粧樓月貝葉寒生舞殿風野色蒼茫留院落溪烟黯淡到簾櫳尋春莫問權娛事覇業與亡總是空

渡安平

碧流春色海天寬島嶼蒼茫雨後看半棹斜翻雲影碎片帆遥送浪花殘沙浮曲岸漁人宅樹隱孤村戰將壇曾是昔年歌舞地空城寂寂暮烟寒

買隱

買隱山村跡已深軒車過客莫相尋清泉白石通幽趣野鶴溪鷗達素心看罷晴雲峯有色釣餘寒月水成陰許由原有高風在未輟箕山得意吟

山村見鳳仙花

小種花開地不偏生來枝葉本嫣然半痕奇艷添微粉幾瓣新紅染翠鈿色映疎簾欺唾後香飄野砌到尊前莫嫌寂寞山村裏却有亭亭物外仙

鳳山春眺

滿山春樹鳳毛張石潤嵐寒接大荒翠竹低橫三社遠鳳山居民分爲三社黃沙倒接一溪長山近淡水溪猿啼雨外空雲岫鷺宿烟中靜野塘畫意誰知從此得可堪登眺暫相將

雨後日占

惠安諸生何借宜人

山川浮翠遠處處落紅深獨立柴門外長歌託素心

寒食過五妃墓

寒烟衰草暗離披隱隱高原見古碑謾說從人皆妾媵應誇死義是男兒投繯不解王孫恨奕世猶聞鬼子悲墓在鬼子山異域天荒開世運五常還是五人持

落花　臺灣生員盧九圍

何處韶光不可憐底須花落惜花妍文章雖假知天意色相皆空悟夙緣香愛撲衣沾露好舞宜送酒趁風前殘枝無計留春住蜂蝶紛紛一惘然

椰酒

幾度釀蜜烟蒼蒼高樹巔樓分千縷結核破一瓜圓玉液眞神異蒼匏出自然何須誇醴酒直欲負甘泉

春遊竹谿寺

千竿綠竹一灣溪掩映禪房逶曲隄烟濕翠園花隱隱雲深碧澗水萋萋無營衹覺幽懷曠自在惟聞好鳥啼清磬數聲人去也詠歸還過畫橋西

海會寺　舊爲偽璟寺

月戶雲扉半草萊猶誇當日起樓臺寒枝莫辨金環處貝闕誰留玉帶來纖水眞機魚活潑縈花幻夢蝶徘徊高僧自識無生訣懶向他年論刼灰

寧靖王墓

周道不復振晉鄭豈堪依劇來要荒外聊思效採薇

聖神膺大統薄海播恩威樓船忽飛渡原野蔽龍旂降藩

知順命逝將安適歸嫈此數莖髮詎吟自歎欷蒼天爲之變白日歛其暉哀哉殉主難從容有五妃

遊岡山二首

翠巘靑嵐日影遲行吟正好及春時看花人向層巒立絶似王維畫裏詩

突兀寒巉翠作梯暫從開士共幽棲夜來落月疑天外笑指銀灣接海低

一洞天 北路

獨有溪南一洞天碧沙紅樹隱高賢客來欲覓桃源路借問劉郎前度年

古意

東海有遺珠皎皎含秋月秋月有時虧珠光盈不闕朝拭玉鏡臺暮映紅羅襪豈是貴知希願以酬高哲

秋林晚眺

荒林日暮欲棲鴉獨立蒼茫數落霞歸去不須愁路杳隔溪秋月映蘆花

赤嵌城 臺灣生員林麟昭

歌舞樓臺半已傾女牆斜日照孤城閒庭無復生芳草複道猶聞喚曉鶯往事空悲時節換 聖朝長幸泰階平縱教沙磧千年在烽靜無烟夜月明

前題 鳳邑生員傅汝霖

千重雲海繞城東影落平沙夕照紅夜月飛銀漁火暗晚

烟積郛戍樓空星分牛女雙垣外地隔蓬萊一水通好向安瀾徵豎訖由來　聲敎紀攸同

和宋明府村夜原韻　太學生　鄭應球　鳳山

世事浮沉付酒尊海蟾高挂到衡門身依竹節常分影夢繞花鬚欲斷魂燈下書聲乾宿蠹耳中蛩語失悲猿憐才獨有使君在頻繳詩篇過草垣

龜山晚眺

龜山日色冷長空竹杖行吟醉晚風詩句都從閒裏得物情好向靜時窮清潭照影澄雲白老樹彫霜墜葉紅可是逢秋悲宋玉暮蟬環噪蘂珠宮

移家

淡泊無營意自寬移家東郭近林巒鳥吟白日春前樹人整青山竹外冠張老已知成室美淵明但取敝廬完由來物理難齊論聊借鷦鷯信所安

安平晚渡　府學生員　張　英

津頭遙見碧波飛一葉扁舟趁落暉風力滿帆成獨往棹歌聲水送將歸孤城戰壘空埋骨草舍漁村半掩扉爲語行人莫惆悵時清魚鳥已忘機

遊竹溪寺　臺邑生員　陳廷藩

古寺白雲裏寒蟬滿樹吟溪迴初渡月花落忽驚禽棋局延清夜琴張寄素心欲歸山雨重樽雨且勤斟

羅山訪友人值雨後留飲

茅舍認君家淸溪漾淺沙路諳前度馬雨濺晚來花煮茗
催明月瞻雲斷綵霞主人無限興壺矢任交加

續脩臺灣府志卷二十五終

欽命巡視臺灣朝議大夫戶科給事中紀錄三次六十七　同脩
欽命巡視臺灣朝議大夫雲南道監察御史加一級紀錄三次范　咸
分巡臺灣道兼提督學　政覺羅四明　續脩
臺　灣　府　知　府余文儀

藝文七

詩四

北園別館 卽海會寺　齊體物

冷月橫斜弔子規當年黃幄爾徒爲粱塵尚逐梵音起幡影猶疑舞袖垂風雨有時聞響屧草花何用長臙脂是空是色渾閒事止合登臨不合悲

臺灣雜詠二首　高拱乾

天險攸攸海上山東南半壁倚臺灣敬宣　帝澤綏羣島愧乏邊才控百蠻瘴霧掃開新氣宇風沙吹換舊容顏敢辭遠跡烟波外博望曾經萬里還

三秋聞見總蕭騷日夜飛濤不斷號舊集閭閻皆斥鹵新開原野半蓬蒿空山那得珠厓貝伏莽休懸渤海刀應識乘軺難塞責願紓南顧　聖躬勞

野宿

秋雲向暮總陰森竹屋卑棲枳棘林風外葉鳴山鳥怪雨中燈靜寺鐘沉瘴烟作祟香先到積水生寒夜漸深耳目悲涼成底事草蟲還為發孤吟

草堂漫興

天外今知樂事偏茅齋灑掃駐三年連林蔔本飄金粟出屋蕉叢吐赤蓮棋局傍觀無我相醉鄉漸入有仙緣蠻烟瘴雨何滋味八尺風漪得穩眠

竹溪寺　宋永清

春來梅柳鬪芳菲散步清溪到翠微盤石水藤迷野徑辭枝風葉擁禪扉踏開覺路香生屐振落天花色染衣更上一層回首處故山遙望寸心違

別澎湖　周于仁

行年將六十三仕到澎陽海國東南嶠星經牛女鄉天懸青共遠水接碧同長颶發疑雷吼沙飛似霧茫有時奔萬馬無計卧雙檣風景雖多別民情却甚良勤耕責作飯儉用布爲裳麥稻還須糴豆蔴尚可糧黍黃村火宿草綠訟庭荒柴戶何嘗閉蒲鞭不用揚官閒惟嘯月民樂可烹羊竊祿亦云久留名敢謂芳光陰飛石火花甲變成霜將別還延佇思歸欲束裝羣黎雖祖餞一葦早輕航暫息鷺洲地追懷賦短章

臺灣近詠呈巡使黃玉圃先生　二首　藍鼎元

內山有生番可以漸而熟花棄不收撫悍若野鹿穿箐截人首飾金誇其族自古以為常近者乃更酷戕民則何辜晨樵夕弗復不庭宜有征振威寧百谷土關聽民趨番馴賦亦足如何討退避畫疆俾肆毒附界總為戕將避及牀褥

鳳山東南境有地曰瑯嶠厥澳通舟楫山後接崇爻寬曠兼沃衍氣勢亦雄驍茲土百年後作邑不須譙近以險阻棄絕人長蓬蒿利在局可絕番黎若相招不為民所宅將為賊所巢遐荒莫過問嘯聚藏鴟梟何如分汛弁戒備一方遙行古屯田策令彼伏莽消

赤嵌城　楊二酉

極目天涯是水涯荷蘭城上計程賒潮光沸沸鳴奔馬帆影星星照落鴉日邊九重天子闕雲飛萬里使臣家何時慰我桐花節好向諸津一泛槎

重陽過海東書院

重洋遠渡度重陽載酒尋花花正黃爻苑連朝開霽色春臺九月著羅裳種來桃李新多實培得芝蘭舊有香今日登高臨海國奎光一點上扶桑

九日登臺即事　舒輅

北去雲千疊東來水幾盤燕臺纔共署瀨谷又同官汲冷浮雞甒烟凝隱豹變文光臨睥睨斗柄近闌干菊淡詩情淨萸馨酒量寬登臺懷桂櫂煮茗羨江湍鳳翥毛搏彩龍

驟血灑汗彎弓不尚華走筆自飛翰飭已一誠格齊民衆
志安焚香讀周易鴻濛窅于磐

雜感　　張湄

高浹天墟抵九州茫茫一水認琉球風生鰲背重溟黑雷
奮鯤身巨島浮針路向空難問渡鐵礁拔地不容舟林顏
幾輩蟲沙沒落日蒼涼赤嵌樓

彌陀寺

宦跡重溟外海情半日開妙□藏室靜灌木鳥音蠻種葉
常書偈留雲見撓闌稍聞京示法容我坐苔斑
何必遠城郭尸□□□塵因心別共逝觸指月如輪客愧
乘槎使僧兼覺卜八德時期再訪幽夢或通津

安平鎮　　范昌治

臺灣何崱屴安平衹孤島兀立大海中洶湧際天杪鹿耳
接鯤身沙線明皛皛形勝犬牙交變環猿臂繞重門分界
險詭牆不輕捍守土一麾來變此屏藩牙蝦與縱扁舟望
洋淼遠騁懷昔宦遊人無如京拔者丈從海外豪光燄增
奇巧固陋每自慚雕蟲先壓倒下車況匝月狂吟何草草
所志不在詩因之寄懷抱私哉胸次間與海同大小百川
盡傾輸萬象皆明瞭秋濤動山岳春波潤枯槁轉愧願難
酬問心可得表保赤貴誠求夸浮何足道回看戍卒忙艘
艚鉛齊燎承命掛帆歸迅疾等飛鳥人坐畫船中水湧冰
輪皎

臺灣東書都諫　六十七

茫無涯涘海天春篷轉雲飛辨不眞綵鷁乘風穿雁嶼繡
衣銜　命跨鯤身番黎樂享承平久士女歡迎氣象新萬
里故人初把臂相看先問近詩頻

鹿耳門汛卽事

乘風纔命駕輕航廻首荒城巳渺茫日與雲山爭隱見天
連波浪若低昂巡行鹿耳新防汛指點鯤身舊戰場誰道

驪隅惟恃險　威德足金湯

露香亭卽　范咸

夜涼樹垂露晨清花放香坐覺幽意適不知白日長守官
鳴前楹互答怪蟬螗　事久巳息掉臂驚螳螂感此發深
喟世態何張皇營營名利竊私欲羞難量曷弗順大化鼓
腹遊虞唐青青朮蘭樹金粟同芬芳離離賴桐枝火燄燒
扶桑但逞顏色好終非金玉章吾生更何求返璞是所望
亢龍應有悔大道歸斂藏君子日乾乾愼守千金方

暮春郊行　書山

循行豈是補春遊攬轡輕馳謝朓洲岍接小橋村路曲烟凝蕭寺梵鐘幽塵懷頓向閒中滌野況都從望裏收風月蹁躚秋過半家家場圃築西疇

泛海　錢琦

媧皇斷鼇足元氣洩混茫散作長波濤滙沓不知其幾千萬里蕩搖大地天爲盲有時颶母胎長鯨怒星眸電齒雲車雷鼓風輪森開張塵沙飛揚人鬼哭往往白晝修洌如幽荒往時讀海賦猶疑近

荒唐竭來鷺門一悵望大叫絕奇狂夫狂桅樓打鼓長魚立船頭掛席西風涼是時鬱儀忽走匿但見天光水色一氣摩硍硍大嶝路最近小憩古禪房彼昕倏不見一葉隨波揚南人自誇乘船慣不尼生馬鼰踣難收韁豈知波恬風靜浪息時起勢一落猶有千丈強長吉心肝盡嘔出但無好句歸錦囊忽然桃浪暖紅影落星光須臾墨雲捲四顧失青蒼出海與亞班神色俱倉皇飛身上桅杪指南憑鍼芒講言渡海此最險呵嗽下有蛟鼉藏去年太守誤落潦鶕如飛鳧失侶天外同翱翔今年將軍復遭毒有如曹兵百萬赤壁遇周郎雖經異

已偶錯位北去弱水東扶桑我聞此語了無怖俗子所見
皆粃糠男兒桑弧懸矢志四方徑須腰懸斗印提干將出
入玉門走沙塲直探虎穴擣欃槍名勒鐘鼎動旂常回手
抉漢分天章不然翻身跳出塵埃外跨鼇騎鶴驂鸞凰朝
遊碧落暮滄溟須彌大界隨相羊誰能瑟瑟縮縮如寒螿
坐令顏髩凋秋霜況聞蓬萊方丈咫尺塵隔斷世乏仙骨
誰梯航因風誤到更可喜底用禍福先周詳臺陽一番島
宛在水中央古稱毘舍耶或云婆娑洋自從歸入版圖後
穿胸儋耳咸循良我來銜　命持羽節要將　帝德勤宣
揚兼恐奇材遺海外一一搜採貢明堂水程志更更十一
蠡窺管測畢竟繩尺難參量何奇不有怪不儲且復耳目

恣探詳茲遊之奇平生冠東坡快事吾能償舟師喘定笑
絕倒喜色已轉露眉間黃大雞一聲曉色白百怪照影爭逃
亡不見澎湖見飛鳥鳥飛多處山雲長三十六島鬱相望
漁庄蟹舍紛低昂收篷暫寄泊呼童滿引觴爾雅頹然不
知身與世恍惚栩栩瞬息歷九州徧八極徜徉于無何有
之鄉

抵任

四溟中斷早潮回鐵板沙礁面面開天設鹿耳嚴鎖鑰地
疑蜃氣幻樓臺使槎遠載春光到官府喧傳上界來合是
前身香案吏江山管領到蓬萊

晚從安平渡海歸署

平隄含夕景烟樹半模糊乘興晚與渡一葉如飛鳧正値風光好渡海如渡湖千丈澄素練十幅掛輕蒲沙鯽明漁火紅影透菰蘆上亂星斗宿紛射黿鼉居水氣摩盪之散作千驪珠橫空一鈎月墮入崑崙巔似欲釣六鼇驚走小鯨鯢須臾近彼岸潮退泥沙汙滄海幻桑田轣轆駕牛車爾時夜氣靜萬籟歸虛無栩栩不自覺恍惚凌仙壺歸來猶認夢好手誰繪圖我夙抱遊癖而爲緇塵汙翻身六合外乃得縱所如因悟天地大到處皆蘧廬心淸境自適底用戀鄕閭螘彼井中蛙局局徒拘墟

赤嵌樓

舊是紅彝地今成勾曲天螺旋盤曲磴樹古抱寒烟日脚

浮雲外潮頭落檻前牛皮一席地芳草自年年

赤嵌城

幾歷滄桑刦孤留赤嵌城有人談往事到此悟浮生地迥雲山潤時平烽火淸不妨高堞上欹枕聽潮聲

海會寺

草莽英雄地樓臺歌舞春荒烟迷斷礎淨業懺前因潮長龍歸鉢亭空鳥喚人自今依慧日無復海揚塵

澎湖

六六沙灣小似舟須彌大界一萍浮收羅日月狂瀾裏安
落雲山古渡頭春水漲時村散網曉星明處客停舟蓬瀛
不信人間路猶認仙源是夢遊

有溪

有溪不知名水深與胯接波平鷗不驚風勻浪微摺隱岈
孤烟炊環堤萬山疊愧無舟楫材聽君歌匏葉

臺陽八景詩

鹿耳連帆

沙礁屈曲海門通十幅蒲帆挂遠空擘絮亂雲天上下斷
行飛鷺浪西東風搏喜近鯤鵬路（門接鯤身島）星落剛臨牛女
宮（臺灣星分牛女孟浩然詩瞑帆何處宿前指落星灣）畫意詩情何處最桃花春漲

夕陽紅

鯤身集網

歷歷沙鯤跨海隅我知魚樂網平鋪宏開三面思波濶細
織千絲夕照孤春水當門浮角艇秋風滿地小江湖漫勸
為向漁師問中有珊瑚採得無

赤嵌夕照

孤城百尺壓層波一抹斜陽傍晚過急浪聲中翻石壁寒
烟影裏照銅駝珊瑚籬落迷紅霧珠斗欄杆出絳河指點
荷蘭遺跡在月明芳草思誰多

金雞曉霞

石立金雞唱曉聲曙光紅泛早潮平暖蒸春靄浮元氣小

結仙壺幻赤城捧日天眞輿咫尺應時海亦象文明晴霞五色濤千丈穩載長更十二程

鯽潭霽月

宿雨初收夜氣新空靈色相妙難詮澄來止水壺中月洗淨浮雲水底天素女靜開霜匣照驪龍冷抱寶珠眠冰心徹底誰憐取留得清光在海邊

雁門煙雨

誰移古塞落蠻邨煙雨蕭蕭舊壘存畫裏江山天潑墨馬頭雲樹客銷魂三峯積翠開仙掌（東坡詩試觀煙雨三峯外都在仙靈一掌間）百尺疎簾捲梵門（地接羅漢門）有待詩懷觸撥處最無聊賴是黃昏（韋莊詩何處最添詩客興黃昏煙雨亂蛙聲）

香洋春耨

何處聲聲布穀啼岡山山北柳林西（香洋山在縣治南與鳳山接界旁有柳林山）杏花春雨紅千畝蔬葉寒煙綠一犂水引石頭開短圳（石頭溝名衆流匯處臺人畜水養田處爲圳）笛橫牛背過前溪屢豐不待秋來卜多稼如雲望早迷

旂尾秋蒐

秋登社社報年豐閒向平原纘武功兎窟草枯飛踏箐虎場風勁硬開弓烟清紫塞關臨北（北爲雁門關）旂卷青山尾轉東（地名東方木）獵罷歸來回首望蒼茫一片暮雲空

臺陽八景　　立柱

鹿耳連帆灣碧空鯤身集網水瀜瀜鯽潭霽月風清麗雁

塞烟霏氣鬱葱赤嵌高凌夕照紫金雞遥映曉霞紅香洋
春耨觀成後旂尾秋蒐入望雄

彌陀寺　費應豫

馬首從東轉禪扉一徑荒柳陰垂古井花氣近廻廊薜荔
頻傾碧烹茶淺泛黄山僧無俗韻盡日洽番方

留題諸羅十一番社　周芬斗

諸羅社

秀色羅山列嶂屏男生聰慧女娉婷三苞竹韻琴堂化管
領薰風動舜弦

柴裏社

柴裏烟光映水沙穰穰婦子詠年華尖山泉引禾田腴更

繞芳洲種落花

他里霧社

虎溪中路[illegible]集東西隔畔横他里鬱葱來紫霧共
霑雨露享昇平

打猫社

慕義歸良首打猫我來二歲息喧囂有輿絶迹官音諳踏
月清歌度洞簫

哆咯嘓社

十八重溪外九重山環水複草蒙茸既和族類臻饒裕秣
酒清過漢釀濃

蔴豆社

袖箐飛鏢健卒張長官白馬馭馴良家家小圃林陰護一

畝桄榔一草堂

灣裏社 有溪渡

新社溪街花六開一灣水月共樓臺夕陽芳艸雙雙渡式

好同舟共濟來

頭社

武壠盤社鳳岡中峽衖芊葹韮本豐十里蒲崙渡瀏瀏一

犂嵌頂雨濛濛

二社

瀨清走馬到蕭籠芒仔芒分茄荖支換得內優解鹿脯稻

香蕉客厭唐餔

通事礁吧善餘

烟火村墟入內山相逢傀儡慎防閑與謀莫獻原田應三

浦雲封一任閒

蕭壠社

東園西社渾桄津後旺瓜麻種海濱百里裏糧漫遠佃稙

椰千樹賽千囷

巡臺紀事五十韻 有序

巡臺御史湯世昌 仁和人

臣聞太史乘輶軒以採風職方物土宜以立紀九州百郡皆歷代經理之區獨臺灣一域實舊史所不載自前代為荷蘭竊據鄭逆逐之草創郡邑我朝天威遐暢始入版圖垂八十餘年四民之蕃衍官

方之修飭無異內地且番民皆薙髮奉公化頑獷
馴獨其士風淳悶服飾詭異尚仍舊習臣奉
命巡察此土周視四邑宣布
聖天子容保無疆之至意諮詢歷年治蹟之距增適當
年豐人樂萑苻不興文武僚寀咸謂
壽考作人用能協休𠷣于上下伊昔越裳氏之言曰中
國有聖人則天無烈風淫雨海不揚波今臺海遠
在重洋漸仁摩義德澤有加焉于以見我
皇上如天之福誠度越亘古臣使事既竣雖徭例左遷
惟以
恩命未復夙夜悚疚謹就見聞恭紀五百字用備方言

伏祈
睿覽其詞曰臺郡歸疆域於今近百年禹功疑不到
昭代迥無前
祖德天同覆滄洲地豈偏（鄭成功竊據三世六十年）雲臺憑虎將水戰
厲戈船蕩蕩烽烟靖林林閩廣遷但教勤土物何恤授民
廛治具提綱領墢疵盡棄捐疇清消故壘土沃闢良田貔
虎軍容整番黎性命全門楣惟貞女嗣續竟迷先指稔忘
年老文身倚態妍束腰藤帶濶穿耳竹輪圓短織尨毛罽
斜簪雉尾顛鹿弓柔遜弩螺殼小于錢踏臂歌鳴豫聞簫
手可牽翠看花插鬢黃結果爲鋤力健飛猱走風淳鼓腹
嬉帆檣頻輻輳市井競喧闐飽煖生宜厚耰鋤性所便輿

臺戍紈綺歌管費稽榕犷礪裝坦細檳榔刺齒鮮訟從需
後綴升與囷爲緣搜粟官符急徵兵尺籍懸帑帀呼賤隸
孳屬走班聯神助濤波漲威從制府宣七旬苗舞羽百日
景投淵自此星軺出能令雨化延苞桑將冊載苞蘖慮三
竄田鼠形疑虎蚍蜉志慕 聖諳詢誠切矣章奏必行焉
聖主勤民隱遐方仰道平蓁芿除積弊資冢共陶甄拔蕭三
須連本扶犂莫越吁星星咸薙髮狂狉悉隨一有堆案無留
牘調琴有改絃白衣休伏躺紅粟盡登艇覓猶原相濟剛
柔慎與權終期無曠士所賴熟籌邊旰歲衎 天語揚帆
泣海塢蜂餘攬轡志不待僩晨篇陌灑如膏雨畦滎灌稻
臬民番巡兩路旗鼓閱雙旂角射雲生的鳴呵柳拂鸛莊

觀眞泛海歸掉去朝 天島嶼辭舊鷺登萊會偓佺渡洋
更十二到浙路三千尸亏康衢祝山山 御氣連扶桑看
出日叢桂忽霏烟葵向何知者兒飛更著鞭遙瞻五雲裏
南極 紫宸躔

春日按部北路即事 覺羅四明

行行朱蓋漾青陽䀡柳糖花滿路香更喜两疇時雨足葱
籠彌望長苗秧
溪山處處胥雲烟客箐深林響百泉隱隱竹圍聲遠近無
腔短笛樂堯天
拈香負弩致殷勤童叟喧傳舊使君番社久安耕耨業樵
盤競獻倍含欣

孌婗襪頁小番娃擁立低簷語笑譁遮莫蓬頭并跣足春
來滿插鬢邊花

大甲溪深未易過尤慴虎尾聚夼多年來設戍勤捍護一
道長光映綠莎

玉嶂雞峰兩度行難馴鑿齒最關情而今攬轡重循歷鬢
鬢霜侵又幾莖

過雁門關

壘巘懸崕蘚跡斑陡然孤峙雁門關寄言海角南鴻少何
用雲峰絕蹟攀

安平閱武晚歸

荷蘭城外靜鯨鯢細柳軍容振鼓鼙旌旆銜波光閃爍艨

艟拍浪影迷迷千軍赫赫聲靈遠海國桓桓步伐齊却喜
歸來乘暮汐沙燈漁火滿長隄

赤嵌城懷古

突兀孤城古渡頭蒼茫獨立浪花浮南通沙蚶岡山域北
鎖潮門鹿耳湫一片閒雲奔石磴三更冷月照岑樓百年
教化波濤息陳跡空餘供遨遊

登澄臺遠眺

登臺披素抱極目惕深衷𡸁耳雄關險鯤身鐵鎖崇湯湯
洪浪渺靄靄白雲濛報　才菲丹誠竭海東

臺陽八景

安平晚渡

孤城日暮旋寒盤檣歸人影亂六年還往其間幾見渡頭
催喚

沙鯤魚火

沙岸烟清風定參差小艇流螢休晒荷蓑戴笠恰欣蟖紫
醅青

鹿耳春潮

盈盈初似橫絲滾滾旋同裂布春帆取道移來可有遺余
尺素

雞籠積雪

遥峰瑞應金雞幽徑平鋪玉液周遭石砌重重那得柴門
卧客山上有石城

東溟曉日

顧盼扶桑以東暘烏吐氣如虹海底鯨鯢惕息羣游化日
融融

西嶼落霞

水映行雲吐碧山銜晚照描紅赭節更遲月上傾倒金樽
不空

澄臺觀海

駭浪吼聲度竹高臺兩氣生寒莫道天涯寂寞憑欄是處
奇觀

斐亭聽濤

繞屋千竿掩映飄空萬派汪洋濟川我愧無具但願海波

不揚

送余刺史寶岡秩滿入　覲即次留別元韻

惟君才卓犖事業表堂皇閩嶠拊循遍路岐姓字香昨予銜新　命仍復到海疆舊雨懽同地藉商濟時方偉哉買刺史僚屬共瞻望

僂指永朝夕三過夏日照正擬資規畫言將返鷺門君殷榆柳思謂可謝籠樊亂身與鹿耳依依雨露恩相戒息波濤鳴騶送朱轓

計日趨　彤庭　覲應有喜嘉乃守東寧下車走狂兕果斷鋤根莠仁和撫蒸黔民勤力穡菽粟如水火東南千里地　宸聽孜孜只

嘗讀月令記孟秋繕囹圄二年一空之仁政羣嘉予汪汪千頃波澹恩殆如許達觀備海瀕津津數德齒光予託素心能無感獨處

獨處追曩昔會垣曾小住君自長溪來毋毋親丰度君旋移三山士民望風附驥握清漳符四野溥甘露遲君向東來今復看西渡

予雖筮仕久治術未全諳惟君登練達餘緒更深湛剖陳壯詞色傾聽似飴甘月白風清夜咨諏至再三自此易分手擿埴毋懷慙

重洋我兩度宣髮半盈顛　天恩未一報忽屆無聞年黽勉修職業此方稍靜便望君持節來再布澤綿綿明春二

三月遞道逕名賢

端陽前見籬菊作花　　余文儀

清節秋霜世久知東籬五月獨標奇非關傲骨因人熱要
見炎涼總不移

送裴總戎秩滿西渡

廿年小阮舊論交兩載同方荷并包鈴閣月明馴虎豹樓
船風肅靖蟒蛟澤深海國長垂蔭勳策雲臺看錫茅獨笑
白頭偕野鶴淹留猶復等懸匏

恭和

御賜楊制府詩原韻有序

乾隆二十七年歲在壬午我
公總制閩浙四載
皇上既定西陲聲敎四訖復
命南國再舉時巡
聖母乘鸞偕六龍而飛舞上公先馬引八駿以騰驤灑道
清塵風雨各供乃職恬波靜浪江河並效厥靈爾
其越水騰輝吳山獻瑞巖谷響應如聞呼祝之聲
花柳芳妍亦解熙茲之義于是
帝鑒平康
宸衷悅豫

入疆有慶車服增榮
賜秩殊恩崇階再晉復
眷老成
特揮天翰永言耄耋奚啻帝錫九齡四韻褒嘉不敷
商霖二字維時我
公誠歡誠忭載舞載歌七秩四齡較潞公而尚少五
言八句奏白傳以無慚喜起 廷手傳
聖作明述謳吟六合豈止巷舞衢歌儀本越人傳貝闕
海遙瞻
膏澤感桑梓之棠休邀聽
徽音慶明良之際會恭申頌祝再紀

盛明詰屈聱牙難免續貂之陋孩提學語聊舒向日
之誠
翠華重幸日瑞氣靄龍牙元老頻承寵 宸章特賜嘉調
和歸靜穆暑雨絕咨嗟共仰明良會唐虞豈有加
一字同華衮天香遍齒牙光輝懸日月嬰鑠入褒嘉邊海
安持重經綸但咄嗟願言崇令德、[illegible]看重加
東南形勝地城闕似排牙德遍久無譁 恩承新孔嘉秀登
甲乙選野靜癸庚嗟遙識吾 王豫儔咨無可加
賡歌千古盛巴里愧聱牙共喜鯨波伏難忘棠蔭嘉空持
觀水術不覺望洋嗟擊壤聊同調殊恩分外加
送王靜專司馬謝病歸江右

執手意無極欲言心轉忘至人退卽進我法柔爲剛存道固存拙不畢亦不亢波瀾生古井蘭蕙失芬芳飛渡一泓海置身千仞岡願言崇令德特達看圭璋

自題渡海圖

一舟似芥託波瀾水立風馳洵大觀日月吐吞成四照江河差遲等微端舉頭但覺星辰近放眼從知天地寬便欲乘帆溯牛斗珠光龍氣試回看

眞成宦海任西東回首萍蹤一瞬中十載含香聞三省五年樵鶴肅雙熊可能文字驅涽鱷賴有精誠貫白虹身入畫圖期共濟肯將華髮負初衷

留別松山觀察以皇恩只許住三年爲韻

憶昔長安道同時侍玉皇公方翔鳳閣予謬含雞香公才簡帝心捧檄來閩疆予亦銜命出連鑣共一方長溪接三山燈火每相望

三山領十郡公政惟春暄愧予持布鼓安敢擬雷門慮囚忝末議稍稍窺藩樊左提復右挈卯翼感殊恩正期侍顏色朝命移朱幡

朱幡出東寧未至民先喜東寧本荒服伏莽多虎兕吏黠營奸私判蔡欺蘭芷下車公毅然爲水不如火期月風肅淸千里歌樂只

三載政大成靑草生囹圄受代及瓜期承乏適命予竭蹶步後塵魯直公獨許不惜屈己八濆謂予長馬齒告予舊政

教相勗敦古處
送公往朝天公去兮獨住坐公政事堂尺寸守公度寬猛
本相濟非敢妄攀附撫公舊松桂復思新雨露郵傳秉節
回雙旌喜重渡
村社久巡歷風土公素諳竹馬迎前驅呼聲樂且湛公洽
推至誠風雨皆和甘兮惟謹受教舉一思反三獨攬舊頭
顱顧影殊自慙
白日去鼎鼎青鬢換華顛政績無可紀素餐年復年 君
恩許放歸山足尚輕便布衣欵戟門重申舊纏綿願公崇
令德報 國從大賢

臺陽八景

安平晚渡

風掀長竿捲大旗安平渡口夕陽時參差颿影輕鷗泛砰
湃濤聲鐵馬馳收網魚商還隱隱招人舟子故遲遲醉翁
矯首籌同濟燈火連村盡繫思

沙鯤漁火

湧浪聲聲似鼓鼙將軍從此殄鯨鯢清笳落日歸魚笛戰
壘寒烟冷釣堤但覺星光齊上下不分燐火遍東西太平
歲久銷沉盡折戟何須問水犀

鹿耳春潮

鹿耳門雄萬里城暗沙沉鐵鯨鯢驚春風春雨波能立潮
落潮生氣未平駭浪周遭天設險飛颿屈曲地中行從來

利涉懸忠信矢滄羣鷗以定盟

雞籠積雪

十年作郡白盈頭雪愛炎炎方爲滄留遥對玉山成二老消歸銀海作清流衆峰遠列看雌伏鳴瀑齊聲報曉籌應是碧雞曾羽化欒龍猶得傍瀛洲

東溟曉日

萬水朝宗盡注東曉雲初散日曈曨漆圍但覺虛生白函谷遥驚氣盡紅和靄漸蒸餛變化華光合配月玲瓏長春海國扶桑近不用揮戈仰再中

西嶼落霞

西嶼丹霞可樂饑海波齊浴日曬餘暉軒顧影誰能舉冉冉登臺或有期十色五光映彷彿東亭烏更離奇分明一幅鵞溪絹界畫雲烟李伯時

澄臺觀海

戟門西上聳澄臺扶醉登臨亦壯哉片片買颿破浪出騰騰陣馬御風來守身特凜冰淵念極世深慚舟楫才但使汪洋歸大度任他蠡測與鷗猜

斐亭聽濤

濤聲日夜鎮長聽偏聚凌虛君子亭漸瀝乍驚風折筍喧吹疑是雨淋鈴近連躬圃亂鳴鏑并入春潮沸震霆自笑巴音同布鼓廣長舌愧吐蓮青

秩滿留別臺陽　夏　瑚

兢兢捧檄渡瀛壖風物臺陽別有天面海背山成澤國高
陂低岸遍腴田風淳俗是觚初破吏拙官同磨在旋三載
簿書勞夢寐搴簾因理愧前賢
欲步芳型作宰難因時敷治種心安茲施大造陶鈞力曲
體民生婦子歡斷獄若神懸鐵幟澄懷似水愧清端鐵嶺王公
諱仕後海康陳清端公諱璸皆任臺有治行他年儻謂循良傳敢信微名取次
刊
何期小草忽增妍卑以涉培塿[illegible]里政聽書上考六
條詩忝附官聯烟銷海國鯨氛息日霽皇途驟騁鞭敢擬
香山留別句　皇恩可許駐三年
一行作吏素硜硜能不存於中爾不驚撫字救材從吏議蘭

孫保障待公評別無戀棧心難白祗有銜恩志欲鳴計日
揚驪趨北闕迴瞻鹿耳不勝情
次韻送夏寶成　陶紹景
和風拂拂滿春堧極目洪濤接遠天海外文傳蘇玉局公
餘詞逸柳屯田心懸朗鑑從衡準珠炳璇源任折還共識
君才原十倍典型矜式藉高賢
瀛海搜奇萬象妍此行正值艷陽天襟期淡似鷗盟浹氣
誼親如雁序聯以德綏番留碩畫惟寬化吏示蒲鞭相看
愧我非彭澤鏡裏新霜老少年
前題　衛克堉
東寧開闢著[illegible][illegible]被番黎磐石安勉步後塵慚政拙遲

思前日罄交歡無窮別意縈衷曲不朽勛名在簡端父老
扳轅欲借寇棠陰夾道姓名刊

相形遂爾判媸妍共綰銅符海外天赤嵌出南看豹變武
巒城北望蟫聯登龍謬許稱同譜附驥還思策短鞭漫誦
西湖留別句巖疆未易駐三年

北巡旋署留別諸羅衛令　　巡臺御史李宜青寧都人

薰風吹雨長嘉禾新港橋流愷澤多墾土汗沾芳草濕讀
書聲遏彩雲過玉峰天半晴微吐鐵線沙明月一渦去後
重思情較切逢人勸說衛諸羅

巡社紀事

搭樓社　　鳳山令譚垣

風駕淡溪東遙指搭樓路曲澗架小橋紅英冒綠樹社厝
隱雲林笆籬深深蔽堂中列圖鼎典則猶可數　帝德浹
雕題覆青時煦嫗番黎沾化久愛戴深且固童子四五人
能誦詩書句諮詢實可欣獎勸不妨屢衆番亦欣然笑請
軒車駐

武洛社

稻隴轉平埔驅車入武洛旌竿繞寒雲戍樓曉明柝土目
跪前迎庶番互辮絡社丁雖稀少勇壯俱超躍昔在大澤
機舊址連巘崿日與生番伍趨走類猿玃自從歸化來薰
蒸銷獰惡移社向中田婦子安耕穫我來宣　皇仁切使
逢不若山鬼應從風祥和遍邨落

阿猴社

山行復出山遠見溪雲起阿猴當中權闤闠列村市城門圍魚鑰脩篁如列雉編茅儲堂奧洲土崇階戺 天使持節來驄馬歷至止番目爲我陳此社非他比素稱物力饒衆社歸經紀年來生齒繁不復追前跡我爲番目言物盛難可恃應須敦儉約愼勿踵奢侈

上淡水社

淡水向南趨乘漲多紆折古社依上流番社參差列日暮乃停驂乍望心如結籬缺見溪光沙斷水方囓謀將社寮移衆番情辭切我與番衆謀非可一言決相度宜周詳經費宜樽節暫施隄防功且待秋潦竭秉燭坐中庭勸諭拘

曉徹老番共扶攜幼番各持挈悖麗誠可嘉整肅尤可悅憂勞長善心此理信前哲

下淡水社

出門仍沿溪溪自上而及下溪流遠廻汀番曆藏中野此處丁盈千林總甲諸社羅拜紛難數注名不停寫 聖朝湛濊恩雕題綏福祉試觀生息多誰非被化者番老不言壽番女亦云姹由來沾雨露亦自謀弓冶我爲番目言社丁不患寡衣食所必需犁鋤正堪把行見爾番庶擊鼓吹豳雅

力力社

曉過力力溪溪水清可掬皎月懸林端脩竹如新沐下馬

入番社番衆一何肅燈前試細認爾雅殊被服諮訪聽譯音通曉更嫺熟　聖治開文明光被及番族應知久漸摩秀發此先卜拱手進番童經書果能讀忠信自有基禮義須涵育勸勉且丁寧披月前郵宿

茄藤社

凌晨赴茄藤繞社喬木古宿鳥鳴高枝疎花綴深圃番衆擁我前衣被半藍縷升堂細諮詢一一訴貧苦衆番叩頭說番愚爲人侮我謂番本愚　聖朝所安撫誰歟或侮之我能爲爾剖愼勿學奸刁貧苦乃自取老番共點頭少番首亦俯開道至再三不覺日亭午

放縤社

振策向平埔已過茄藤港嘗見小琉球瀛海遥相望番社闢南隅放縤乃保障編竹起連厫倉庾數千量邊海土雖瘠近山地仍曠僉稱歸化後我　皇恩浩蕩番賦既全蠲番丁不加餉更以所蠲租一半給番養老者亦已耋少者日以壯共依覆幬中尊親永無忘我職司拊循諮諏頗諧暢暇日仍來此勿使耕耘妨

澎湖　　謝家樹

又見人間大洞庭羅羅七十二山青桶盤奚貼憑誰擊嶼似盤似桶似禽似獸形狀非一虎豹猙獰喚欲醒怪石鮫紋添禹貢嶼出紋石花螺花螺貝錦註葩經黃昏點點歸魚艇嘔啞一聲月滿汀

臺中夏晷長于中土者數刻六月望後一日課士因
拈唐文宗我愛夏日長之句爲題實寫現景非賦
古也

天形如覆釜兩軸定四方北仰南傾瀉遠睇殊混茫入地
三十六未嘗滿天量聞到小琉球北斗失其彊大星古無
紀南極現瑩芒所以談海外明晦頗異常初三不爲朏昨
夜巳生光因之測日景加刻夏尤長天低與水接黃壚半
相望（地下有山名黃壚見淮南子）羲和方轉馭金烏早挪桑火輪就浣
濯摩盪添熀[illegible]羅高十丈中土尚黎蒼虎頭迄雞尾乃
入虞淵藏羊胛熟未久恍惚勢欲翔炎帝勤屬轄丙丁戀

故鄉我來當五月日受薰風[illegible]官閒無滴熱署廠納虛暘
筆硯新位置書卷落塵[illegible]非不覺嚮日待行脒穊午
垂正陰漾春側西牆（暑中[illegible]）[illegible]供詩吟茶餘巡空廊
導意使和緩練神俾固彊聽彼草芊芊帶翠上我堂誰家
養白鳩滑滑叫黃昏[illegible]故園無以此足相羊好景公同
人意切詞乃昌莫作尋常[illegible]舌賦晚唐

清水洋

造物憑虛鑿此窪山遙岈[illegible]廓無涯園銀界玉烟橫滲（海水低處名滲）
瀠旋搖紅日射沙眼底澄清身入鏡胸中灑落鑑飛
花分明絕景人誰識枉羨張騫泛月槎

臺陽八景

余延良

安平晚渡

蒼茫島嶼露巉巖舴艋含漁付落日銜一櫂烟波藏巨鎮海天無際送歸颿

沙鯤漁火

盪纓標子豎橫沙的皪紅燈爍落霞久息欃槍謌樂利汎花深處有漁家

鹿耳春潮

泱漭天然設險奇激輪飜軸拆𡾊巖當關風捲桃花浪聞說王師直入時

雞籠積雪

圓銳孤懸蜃窟中漫漫堆玉聳穹窿誰知暖日炎荒地也

與匡廬景色同

東溟曉日

晨曦瀲灔恰東升萬里鯨波曉霧蒸欲捧晴暉霄漢近赤嵌城畔紫雲騰

西嶼落霞

散綺依稀天半晴郤從西嶼望分明軒軒欲舉飜斜照日送高標下赤城

澄臺觀海

迤涎浡潏競泓洄極目洪濤亦壯哉誰學元虛重作賦浮大無岈一登臺

斐亭聽濤

蕭森清影草幽亭暢好濤聲平倚檻聽好似錢塘秋八月潰淪澎湃鼓雷霆

臺陽八景

鳳山教諭 朱仕玠

安平晚渡

七鯤身外暮雲生赤嵌城邊競渡聲沙線茫茫連島澗蒲帆葉葉映霞明鳴榔惟有漁樵侶捩舵偕同𦩷𦩷行新月一鈎懸碧漢剛聽畫角咽初更

沙鯤漁火

茲地曾經百六遭時清漁火遍輕舠屢探蛟蜃盤渦惡那懼黿鼉駕浪高風定熒熒依古戍宵分點點映寒濤往來慵問乘除事燃竹無心羨爾曹

鹿耳春潮

大荒地險盡堯封想見天兵克偽墉故壘迄今盈百室寒潮依舊捲千重餘波南滙暹羅水細沫東噓日本峰笑看舳艫爭利涉長年來往狎鷗蹤

雞籠積雪

試上高樓倚畫欄半空積素布晴巒誰知海島三秋雪絶勝峨嵋六月寒自有清光搖綮戟翻疑餘冷沁冰紈北來羈客鄉思切時向炎天矯首看

東溟曉日

火輪初出海波齊一道雲霞望眼迷炯炯赤光射鯨背寥寥清唱送天雞漫驚秋橋懸暉迴那識扶桑拂影低咫尺

便應霄漢接世人何處問端倪

西嶼落霞

西嶼餘暉炫晚晴裁成萬疊綺霞明依稀絳闕排雲出彷彿金仙抗手迎謝守妍詞無限好陳王麗句若爲情揭來絕海高秋迥自有遥天一段青

澄臺觀海

海上樓遲及早秋登臺騁望思悠悠常虞雷雨從空下始信乾坤塡日浮淡漫由來通赤嵌蒼茫無處問丹邱乘槎便欲從茲去憑占星文入斗牛

斐亭聽濤

氣激滄溟地軸搖斐亭危坐聽寒宵漭騰渹水雙龍鬬蹴

踏天閑萬馬驕蜀客漫誇巫峽浪楚人猒說曲江潮三山飄渺知何處噴沫吹漚應未遥

渡臺灣放洋　　諸羅教諭　盧觀源

揚帆解纜語爭喧一葉輕飄到海天層浪有山隨日湧積流無地與雲連溝稱紅黑曾聞險（海水低處爲溝渡臺過紅黑溝）鷁指東南不畏偏（渡臺指巽方行）爲問飛廉何處泊臺陽遠在扶桑邊（臺地近日本）

臺陽山川風物迥異中土因就遊覽所及誌之以詩

瀛海汪洋環四面（臺爲瀛海）突起層巒開平衍紅毛近峙赤嵌城（紅毛城今安平鎮赤嵌城今府治並紅夷所築）澎湖外口相制牽鹿耳鯤身沙澱淤海艘出入憑一線南北悠悠二千里天府雄城控四

遐東南一泒枕高山岁崱雲端不可攀山外海天知何處舟楫從無此往還 舊府志有之 地勢蜿蜒儼屏翰擁護全臺曲且灣面挹波濤臨廣斥一望平原烟霧間平原土壤美而肥海港交橫草菲菲更有山溪資灌漑桑麻萬頃映晴暉涓涓細流皆滙海萬水朝宗並西歸此在川流真罕見南東其畝盡皆非洪鑪鼓濤界屬奇有山如玉照玻璃顯晦無常殊衆岫皎光恒見冬春時玉案山腰水出火源泉百沸燄如吹並係中原稀有事異見異聞孰不疑一區迴分南與北雞籠山頭雪未蝕鳳邑寒冬早放犂三月隴間收種植果蔬花卉發先期鋤耰隨地可覓食歲豐足抵三年耕不知含鼓歌誰德憶昔僞鄭據臺陽居人番族走欲僵

干戈組練塡海岍蕩平原野罷耕桑橫征賈艌充軍餉洎索富民及酒漿幸蒙 聖朝誅反側一朝淸明景運昌洎令休養爲百年邦稱庶富澤綿綿膠庠文物遍郡縣脩竹閒中起誦絃 臺地房舍俱植竹以繞之 仕宦科名伴上國拖靑泥紫或占先聲敎覃敷及異類雕題黑齒解耕田雕黑本白彝人俗舊與生番同族屬于今部落入編氓火食安居植穀粟夫唱婦隨勤操作 番俗貴女而賤男出入俱隨婦人 租稅公旬受約束粗習經書皆有人彈冠振衣寧跼蹐 番社設社師教番童衣冠誦讀與漢人無異 復覩生番半歸誠甲螺丁壯並隸名 甲螺番頭目 射獵啖腥篡山谷歲輸皮貢當薄征赤身無分寒與暑聊蔽下體披棘荊時隆不矜長駕術要使羈縻樂太平洪惟 盛世防範

周文臣武將競宣猷水師船攏虬龍勢柳營玉帳驛路稠
牧民選用廉能吏輯寧海國運良籌即今生衆日繁衍皡
熙有象德行流鯫生才拊典閒曹曠覽瀛壖與倍豪未閒
竹箭鏢鎗悍（竹箭鏢鎗番人所用兵器）觚見渾噩氣象高海氛不染長
天碧潮汐晏如乏怒濤枚寧是處歌樂土發篋何須講六
韜

孫武水索題渡海圖鹿鹿久未報適將有臺灣之行
即書以贈行　朱珪

天樞欹貫水轉空神州一撮裨海東踏土食火吸海馬不
慣高浪連天春君家老雲芙清泚伯仲自比爲與龍奇書
已搜洞庭穴椽筆欲賦爲東宮崇明小嶼昔放棹叱咤蛟

蜃鞭鴻蒙一朝渡嶺到既粤九夏吟苦來商風蓬萊金闕
在何所嗟君豈復長固窮天閶凌兢不可狃掉頭徑去登
雞籠厦門鹿耳屹雙壁六十四島澎湖中飈開照空神火
碧夜半燒海扶桑紅此行壯哉足記覽莫放險語驚龍公
遲君歸裝更千帙藻綴明月光朧朧

渡海達鹿耳門寄朱石君先生即次贈行原韻
孫霖

斷鯢飲海海水空亞班針指層洋東踏歌陸離詫光怪逼
耳灪潏洪濤舂雙溝騰沸劃紅黑三山隱現浮蛟龍鐵網
乞取珊瑚樹星光直射牛女宮平生奇絕不易得況有新
詩開愚蒙小別黯然客臘[illegible]尾癡顏大笑來春風壯懷破浪

走萬里乘槎豈復疑路窮古今滄桑本變幻短翮勢欲超樊籠神僄若無倏若有會須身入蓬壺中佛閣明燈一不知夜金雞一聲初陽紅揚颿三十六島過精靈呵護煩天公盪纓紆廻判沙線鹿耳烟影添朦朧

送孫武水之臺灣　　姜宸熙

羨門居士人中豪雕龍妙手鑱雙毫元音擊拊鳴鐘鞉才思鵲起冠英髦吳越盤敦推孫磬（孫磬錢塘人詩名甚著見宋史）偶攜竹笠披征袍殘書萬卷奚奴挑無諸城下秋蕭騷客窓冷破西風號猖狂忽慕乘桴逃邈思跨海釣靈鼇筆牀瓢寄彭澤陶鄰雞攘割揮牛刀向我作別意忉忉離亭握手開芳醪海鄉滋味膾魚舠王鮪交錯餘貪饕追歡更卜焚蘭膏鬮題射覆白戰鏖齊楚盟會聯滕曹酣歌各客鄉音操（時漢陽張司馬東圖招同餞飲）送君此去縱遊遨廈門東望桅檣高拍天白浪流滔滔蒲颿十幅駕漁舠赤鯨欲起吼蒲牢鐵板沙漲水三篙鹿耳門迴風飃颻海蠻互市聲喧嘈碧眼番賈來紅毛金湯七里雄城壕海氛久靖弓垂櫜土垣編竹都⿱⺮息勞蒙茸瘴嶼豺虎嗥民居櫛比茅索綯潮田種作無灾澇番童赤足腰束條騰空捷足如猿猱口啖生畜何腥臊蚌燈燃火魚膏熬春風二月柔絲繰踏歌遊女彈胡槽壚頭勸飲傾蒲萄蠻鄉風俗原淫慆看君教化奏琳璈朱門抵掌談囂囂殊方問俗及豚羔（山谷詩問俗及豚羔）海隅鴻雁無哀嗷青油帳底醉酕醄仰天狂叫首頻搔男兒豈僅終蓬蒿塵

脫舍見解天腴蓬瀛路近山川遭神仙宗伯訪盧敖鯤鵬
變化將翱翔旂常勳業符伊咎（咎作皋柳宗元詩明讀富伊咎）郎今寶劍
龍光斲淩霄志氣君毋撓窮途吴我吠狂獒石田耕徧徒
勞勞一編敢說詩名叨絕交書豈其擬山濤他年共爾歸江
皐稱觴各捧醑洄洑（句與羨門高堂共埀白）

赤崁竹枝詞　　孫霖

竹枝環繞木爲城海不揚波頌太平蒲眼珊瑚資護衛人
家籬落暮烟横（臺郡以木柵爲城環植刺竹迄今四十年矣遇颶風劇多摧折是在守土者敷陳妙策以石易之綠珊瑚一名綠玉樹槎枒交錯青葱籬落間漁與蓋也）

四季番花總是春牙蕉香檨滿盤新投來更有菩提果清
供幽齋悟淨因（牙蕉結子中科每莖百餘熟時淡黄味香番檨有三種香檨爲上肉檨木檨次之居

易錄作番蒜以韻府字典諸書皆無檨字也菩提菓土名香菓似枇杷張丈鷺洲侍御有詩）

雌雄別味嚼檳榔古賁灰和荖葉香番女朱脣生酒暈爭
看猱採耀蠻方（檳榔産新港蕭壠蘇豆目加溜灣最佳色青者雄味厚黑瘦者雌味薄合蠣灰扶留藤食之蔞藤一作浮留藤土人誤作荖字社番騰越而上樹曰猱採不必以長竿取之也）

二八嬌娃刺繡工呼孃習慣便成風新粧一隊斜曛襯小
蓋相攜面半蒙（臺邑婦女工刺繡誕生之日郎呼爲某孃其俗多靚粧入市攜小蓋障面逶遲而行無間晴雨張丈鷺洲詩云一隊新粧相掩映紅渠葉底避斜曛情態畢肖）

結緣纔過又中元施食層臺市井喧三令首除羅漢脚只
教普度鬧黄昏（臺俗七夕家供織女稱七星孃食螺螄以爲明日煮豆拌裹洋糖同龍眼芋頭分餉名曰結緣是夜士子爲魁星會中元節好事作頭家醵金延僧施燄口燃紙燈于海邊謂之普度是月也最多羅漢脚捨孤打降結黨滋擾觀察覺羅四公刺史余公明府陶公并委員巡查禁演夜戲）

今聞新構認農家遺意猶傳毘舍耶報賽秋成聯士女春
來已驗刺桐花番俗稻熟登場則以手摘篆穗涵藏而歸
餅刈別構茅屋將禾稼倒懸其中名曰禾
間尚存中曰有廬遺意刺桐花開春季先葉後花五穀豐
熟占歲者往往以為驗宋時丁謂有聞得鄉人說刺桐花
如後發始
年豐之句
除却颶風雨天分裝急與渡頭船深秋播種清冬熟揀
得西瓜貢十員西瓜盛于冬月邑人元日多啖之臺鳳兩
邑每歲進西瓜八月下種十一月成熟氣
候迴異真不可以常理測結實之時最忌風雨恐防損傷
擇日選摘分為兩船西渡遞來楊制府定中丞會札不必
多備以
省繁費
漸消狃獷漸恬熙大傑巔頭立社師海宇同文臻雅化愛
聽童子誦毛詩土番向不知書自綠版宇後遐荒向義一
洗狃獷陋習設社師教番童四書詩經皆
能成誦鬭有應試事大加
獎勵同文之治蒸蒸然盛矣

出草番兒每拍肩踏歌歡飲不知年但尼無斁惟功狗貿
易還徵蹼社錢番社于冬季捕鹿謂之出草焚林追逐百
不逸一弓矢鏢鎗皆極銛利犬亦鷙悍
廡魚廡草劇難名每訝寒宵壁虎鳴一種綠毛么鳳好也
誇文采滿東瀛蠑螈即守宮內地多有之俗名壁虎扑人
呼蝎虎獨產臺者能鳴其聲如雀夏月綠
壁冬始蟄過澎湖鎮夏亦不鳴倒掛鳥似鸚鵡而小翎羽
鮮明紅衿綠衣綠樹諸艷的嘴短足爪纖而長性喜倒掛
夜睡亦然即東坡所
謂倒掛綠毛么鳳也

澄臺寫望

高臺極目海天寬破暖烟光映望端吟到日斜清興在萬
竿叢竹動春寒

赤嵌樓秋眺

作意金風故故催涼秋一望客懷開樓高突兀荷蘭築笑

折詩人破蘚來

內省齋即事

朔風飛一鳥滄海別情多香氣浮蘭茝新寒透薜蘿靜中惟不疚忙際却無頗最好淛南句幽吟破睡魔

風物吟　鄭大樞

迎年紅紫鬪春風四季花開浥露叢 臺地氣暖正月梅桃蓮菊有見齊開者

未字女兒休折採玉目只在此牆東 成句臺俗元夜未字女兒偷折花枝爲人誚詈云將來可得佳壻

花鼓俳優鬧上元 傀童皆留頂髮粧扮生旦演唱夜戲臺上爭擲果郡人多以銀錢玩物拋之爲快名曰花鼓戲 管絃嘈雜並銷魂燈如飛蓋歌如沸 製紙燈如飛蓋簫鼓前導謂之鬧傘燈 半面佳人恰倚門

宜雨宜晴三月三糖欒草粿薦先龕 採鼠麴草合米粉爲粿以祀祖先

頭龍尾衣衫擺 衣服不衷襟出衫外曰龍擺尾襪不繫帶脫落踝間曰鳳點頭 踏遍郊坰酒已酣 清明墓祭郡人酒漿載路藉草銜杯乘醉踏青而歸

海港龍舟奪錦標 端陽海口或用錢亦用布帛懸于竹纏竿爲標漁船爭取之爲龍舟之戲

頭三五錯呼么 臺多漳泉人怯海風以黑布包頭到處鋪蓆聚賭若遇勝會戲場爲尤甚 行看

對對香童子嘴裏彈琴鼻吹簫 香童頭㮇兩髻謂對對嘴琴以竹爲弓長四寸虛其中二寸許釘以銅片另繫一小柄以手爲往復脣鼓動之簫長二尺截竹四空通小孔于竹節之首以鼻橫吹之

六月家家作半年紅圓糖餡大於錢 六月朔各家雜紅麴于米粉名曰半年丸

嬌兒癡女頻歡樂金鼓叮鼕嚷暑天 街坊金鼓喧鬧如新年

今宵牛女度佳期海外曾無鵲踏枝 臺地無鵲 向屠狗祭魁成底事結緣煮豆始何時 七夕士子殺狗取頭以祭魁星又煮豆和糖及苧頭龍眼等物相贈

悲調之結緣

香烟縹緲繞盂蘭菓號菩提佛頂盤菩提果產出荷蘭又曰釋伽果張鷺洲詩清果菩提繞室薔金包柑橘麗繁星更憐斗大波羅蜜磥砢真同佛髻青

普度無遮觀自在紙燈夜靜散波瀾中元盂蘭會延僧建醮名曰普度或三五七晝夜不定高搭木臺排列瓜果餅餌之夥至夜以紙為燈千百種頭家捐番錢或滅半藏第一盞內燃放水中漁船爭相攫取得者一年主順利

奪采掄元喝四紅中秋士子遞為讌飲製大肉餅硃書元字用骰子擲四紅取之為奪元之兆

月明如水海天空野橋歌吹音寥寂昔年山橋野店歌吹之聲相聞謂之夜戲

子夜挑燈一枕風

蓑萸截酒啖檳榔檳榔樹高數丈花細實如棗在葉下數上纘簇是布椰樹餘葉亦如之種檳榔必種椰有椰則檳榔結實盈纍孟秋以至孟夏發生不絕郡人摘其實合蔞灰挾留藤一名老藤嚼之可辟瘴氣

處處登高屐齒忙南人好穿木屐以硃漆竹皮者為佳

黃菊正開秋未老滿

天紙鷂競飛揚重陽士人載酒登高士子競放風箏如鳶形名曰紙鷂或以藤夾于中風吹有聲以高下為勝負

一陽初動歲初添擬長春不衰棉糯米為丸黏餉耗至日糯米為丸祀神祭先合家同食謂之添歲門扉器物各黏一粒謂之餉耗

日中視晷卜豐年冬至立八尺表視晷如度則歲美不如度則歲惡進則水退則旱見月令虞義

紙馬幢幡送竈神山肴野蔌灶前陳廚門長幼交羅拜頻祝休言辣臭辛臘月二十四夜備幢幡與馬儀從于楮焚而送之謂之送神設肴果于竈前合家男女拜祝曰甘辛臭辣竈君莫言

宰鴨書符壓歲凶松盆燎火燄芙蓉除夕殺黑鴨祭神謂壓一歲凶事爲紙虎塗以鴨血或猪血于門燒之以禳除不祥又用瓦盆置松柴燃之火光燭天

千莖爆竹通宵響

買爲精神酒一鐘闕仙除夕五[illegible]一[illegible]所得詩列后廟祭之日[illegible]以此補之

八景詩

金文焯

安平晚渡

殘陽初瞑晚烟浮樵牧人歸古渡頭小艇趁風凌艸嶼輕帆映月上沙洲蘆邊野鷺驚波亂籃裏河魚換酒賙最羨時聞烽火息戍燈剛出赤嵌樓

沙鯤漁火

曲港潮回碧水澄蛋船傍晚上漁燈千檣影射波光動一抹烟含暮靄凝歷落疎星明復暗朦朧螢火滅還增更添紅蓼白蘋斷風景依稀似武

鹿耳春潮

汪洋萬派總朝東鹿耳門深浪湧中勢訝天輪雷砲砲風廻地軸鼓聲聲鯤身環處桃花浪海線平分白雪深誰謂廣陵舒白練海天勝槪不相同

雞籠積雪

巋然北鎮壓闉地軸迴旋黍谷初青女按時捐玉佩藐姑終歲曳瓊琚色寒遠映玉山樹（諸羅玉山瑩白如雪）澌化清流淡水渠炎瘴邇來消洗盡好乘和會奠民居

東溟曉日

初拂扶桑散鬱華彌天翠靄霽晴霞地當海澨瀚群光迴八立高峰旭景加萬丈彩虹輝澤國一輪靈曜駕羲車東隅

西嶼落霞

本是寅賓地先占朝暾到海涯

斜暉映水吐金光五色紛綸遍大荒錦繡文披花艸嶼（澎湖西南有花嶼草嶼）紅綃幙罩水雲鄉乍疑赤壁餘荒壘忽覩朱旗出女牆爲誦子安孤鶩句江天掞藻海天翔

澄臺觀海

層臺軒爽俯神州島嶼凝茫一望收每向日邊瞻紫極眞從天際識歸舟蜃樓海市空中幻蜑舍漁村境外幽試擬黄州蘇玉局超然臺未稱（去聲）天游

斐亭聽濤

環植脩篁畫影清偏於清籟挾濤鳴碎句勁奪蕭蕭響瑣碎中含潙潙聲詎必松寮生遠韻若因茶竈起逃情三年油幕聽來慣午夢虛窗悄不驚

寒食日諸羅署中偶作　謝本量

百花開放出牆頭隔歲榴紅子未收細雨東風作寒食故山西望海雲稠

草房窗寮下重簾三月春寒較臘嚴萬井春烟誰禁火賣餳時節雨廉纖

㯶花如雪飼金魚小院陰濃綠不除春色尚留三分一盤中已薦夏秋蔬

春愁如醉篆烟寒晝倦拋書午夢殘剛到故園雲忽斷角聲吹破倚欄杆

海吼行　張方高

海壘轟石如鼉梁延袤七十里岌岌神工鬼斧劃滄桑鼇

虯雙峙護水鄉氣象雄傑不可當廻瀾擋浪力隄防妖風怪雨起微茫倏忽鼓盪渾元黃萬丈波濤恣猛遭無端片石豎其傍當車怒臂笑螳螂詎知根柢厚難量蟠結水府亘堅剛六鰲八柱相頡頏能使天地乍低昂海若不平交鬭強橫衝直撞聲湯湯遙如萬馬過前岡輪蹄分蹴競騰驤近如雷霆奮春陽一發迸裂爭砰硠喧如虡業鏗宮商鳴撻伐鼓駭龍堂幽如風松韻逵揚隆隆隱隱轉悲涼十年島上髩秋霜飽聞此籟意荒荒物情靜者享平康相逢相讓莫相傷溟渤萬里任徜徉容與和平釀吉祥胡爲激怒自擾攘日夕洶洶吼若狂巉巗巨石鎮如常何曾爲爾縮頭藏海乎海乎空奔忙

明寧靖王宅　陳輝

間關投絕域遺廟海之濆古殿山雲暮空階野草春鷓鴣啼向客杜宇咽迎人獨立千秋節英風起白蘋

赤嵌城

鹿耳鯤身翠嶼連雲光海色雨晴天江帆曉渡波間彩市宅寒炊竹外烟山似畫屏時染黛水如冰鏡日磨鮮憑高得趣閒瞻眺萬里鄉關一筆懸

竹溪寺　張士箱

寺門高聳接林垌砌下編籬作短屏菜甲初舒頻染綠筍鞭未斷尚留青延賓摘果陳兼品供佛拈花插滿瓶欲訪芳踪同六逸坐餘溪水繞長庭

前題　黃名臣

竹陰堪坐客野日映清流山靜人烟遠鐘鳴佛殿幽牟尼空世界古寺閑清秋疑是三摩地遲看石點頭

竹溪寺　張大璋

金風初薦爽流火伏陰來雨過泉聲咽山明樹色開薜蘿隨綠水楊柳拂蒼苔千里難窮處覓誰問釣臺

冒雨邀友遊竹溪　黃瑞超

細雨廉纖步濕㫰招攜勝侶入梵西礙林碧障千竿竹遶剎清流一曲溪滴瀝山泉珠液細空濛樹色野雲低鐘聲傍晚鏗餘韻與盡歸來望轉迷

賦得倚樹聽流泉　陳志魁

地僻人聲靜山泉繞樹流依林身染翠俯澗耳盈秋律呂因波激宮商觸石幽隨風飄別岫帶月響孤洲冷韻叢中繞清音木末浮會心知不淺樂意會松楸

鯽潭霽月　僧鶚能

野迥天空水淼漫銀蟾瀉影出雲端聚星亭落羣峰碧釣月船迴一棹寒籟寂波光拖玉練更闌斗轉溢珠盤清池曾照禪心現爭似東湖說大觀

雁門烟雨

濛濛雨氣近黃昏過客分明說雁門鴻雁幾時來此地烟雲終日閉孤村盤空路作驚蛇去入險山如渴鹿奔遙望前頭深峽裏微茫殘靄數聲猿

登赤嵌城懷古 調滿江紅　　程師愷

萬頃洪波極目處連天無際聞說道當年蟶臂一隅睥睨檣櫓灰飛荒故壘鯨鯢浪靜聯新第迥黃名靖海震寰區空砰磕　花爛熳心如醉人落莫歸無計對驚濤洶涌憑何利濟沙鳥廻翔頻聚散雲山層疊成迢遞問浮槎去客幾時還長凝睇

續修臺灣府志卷二十六終